Starke Frauen verstecken sich nicht

Malina Mangold

Inhalt

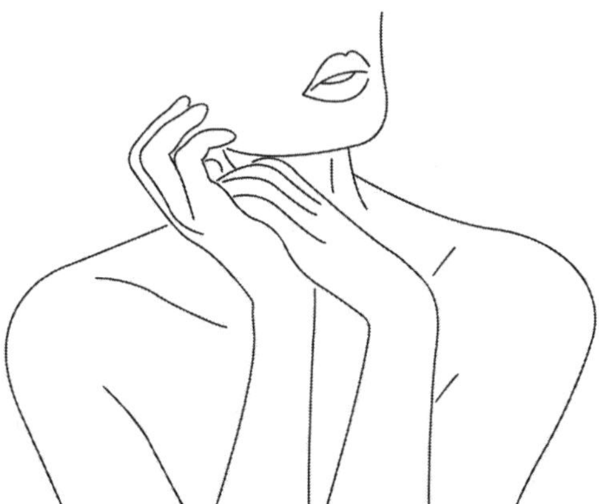

„You are a queen“

Stelle dir zu Beginn folgende Fragen:
Lebst du aktuell dein Traumleben?
Bist du selbstbewusst und wahrst deine Grenzen?
Lebst du losgelöst von deiner Vergangenheit?
Erreichst du alle deine Ziele?

Wenn du all diese Fragen mit „ja“ beantworten kannst, dann möchte ich dich dazu beglückwünschen. Du kannst dieses Buch getrost zur Seite legen, denn du weißt, worauf es im Leben wirklich ankommt.

Solltest du allerdings mindestens eine dieser Fragen nicht mit „ja“ beantworten können, so empfehle ich dir, die Kapitel in diesem Buch aufmerksam zu lesen.
Die Geschichten, Zitate und Beispiele sollen vor allem dazu anregen, deinen aktuellen Status Quo zu überdenken.

Ich kann dir bereits jetzt sagen, dass es nicht wichtig ist, ob deine Schwiegereltern ein gutes Bild von dir haben oder, ob du in deinem Job als bequem und angepasst wahrgenommen wirst.
Das Einzige, was zählt, bist du und deine Bedürfnisse sowie deine Grenzen und der Respekt vor dir selbst.
Wenn du das verinnerlicht hast, kommt der Erfolg von ganz allein.
Und jetzt ist es an der Zeit, dich selbst auf ein neues Level zu bringen.
Lese dieses Buch mit Genuss.

Du kannst es mit in die Badewanne nehmen oder dabei eine Tasse Tee trinken.
Nimm dir die Zeit, um darüber nachzudenken, wie du dein Leben zukünftig gestalten möchtest.

Denn du bist es wert!

1. Alles passiert für dich

Kennst du dieses Gefühl, dass es den Anschein macht, dass es bei anderen immer besser läuft, als bei dir selbst?

Der Nachbar fährt schon wieder in den Urlaub und hat immer gute Laune, wenn du ihn triffst.
Deine beste Freundin hat vielleicht einen tollen Job und ist viel beliebter als du.
Und bei dir stapeln sich die Probleme. Ständig passieren immer nur dir die negativen Dinge.
Alle anderen scheinen dagegen immun zu sein.

Ich kann dir sagen, dass deine Wahrnehmung hier verzerrt ist. Jedem Menschen passiert hin und wieder mal etwas Unerwünschtes. Die Frage ist, wie man damit umgeht.

Und hier kommen wir zu dem Punkt, den du unbedingt verinnerlichen musst. Es gibt Ereignisse, die kannst du nicht beeinflussen.
Aber wenn diese Ereignisse eintreten, dann passieren sie FÜR DICH und nicht gegen dich.
Diese Ereignisse kommen in dein Leben, um dir zu sagen, dass es Zeit für eine Veränderung ist.

Du hast deinen Job verloren? – Das ist okay. Dann war dieser Job noch nicht das, was das Leben für dich bereithält.

Dein Partner hat sich von dir getrennt? – Das ist ebenfalls okay. Dieser Partner war noch nicht der Richtige für dich.

Dein Auto ist defekt und lässt sich nicht mehr reparieren? – Kein Problem. Du wirst eine Lösung finden, um wieder mobil zu sein.

Du siehst, dass du bei bestimmten unerwünschten Ereignissen dazu gezwungen wirst zu handeln. Die Veränderung in deinem Leben tritt ein, ohne dass du es steuern kannst.

Du kannst es aber für dich annehmen, als Wink deines Schicksals.
Denn diese Veränderung passiert für dich. Sie bereichert dein Leben.
Und alles, was danach passiert, liegt in deiner Hand.
Denn du bestimmst, wie es weitergeht.

Verfalle nicht in die Opferrolle, sondern werde selbst Meisterin deines Lebens.
Alles passiert FÜR DICH und nicht gegen dich.

Lasse mich das nochmal an folgendem Beispiel greifbarer für dich machen:

Laura und Ben sind schon viele Jahre ein Paar. Laura träumt davon, Ben bald zu heiraten und eine Familie mit ihm zu gründen. Sie hat das Gefühl, dass Ben genauso denkt.
Doch scheinbar ist dem nicht so, denn Ben trennt sich plötzlich eines Tages von Laura.

Sie fällt daraufhin in ein tiefes emotionales Loch. „Wieso trennt er sich, obwohl es doch gut lief?"
„Was ist so falsch an mir? Bin ich nicht gut genug für ihn?"
Ihre Gedanken kreisen immer wieder um die verlorene Beziehung.
Sie hat Kummer und leidet.
Und das ist okay. Die Gefühle überrollen sie, weil sie die Entscheidung zur Trennung nicht selbst getroffen hat. Sie nimmt ihre Gefühle an und lässt sie zu.
Doch was danach passiert, liegt einzig und allein in ihrer Hand.

Laura beginnt damit, mit der alten Beziehung abzuschließen. Immer mehr fällt ihr auf, dass doch nicht alles perfekt war.
Sie und Ben haben nebeneinander her gelebt. Und sowieso gab es immer wieder Streit wegen seiner Unehrlichkeit.
Laura ist dazu bereit, ihr Schicksal anzunehmen.

Sie trifft sich wieder öfter mit Freundinnen. Sucht sich eine tolle, neue Wohnung und meldet sich für einen Tanzkurs an.
Sie genießt ihr neues Leben.
Nun wird ihr bewusst, dass das Leben nicht gegen sie spielt, sondern für sie.

Merke dir also:
Das Leben hält immer mal wieder Ereignisse für dich bereit, auf die du keinen oder nur begrenzt Einfluss hast.

Nimm diese Geschehnisse als Teil deines Lebens an und nutze diese Gelegenheiten, um es aktiv zum Positiven zu verändern.

„Harte Zeiten bleiben nicht ewig, aber starke Frauen tun es.“

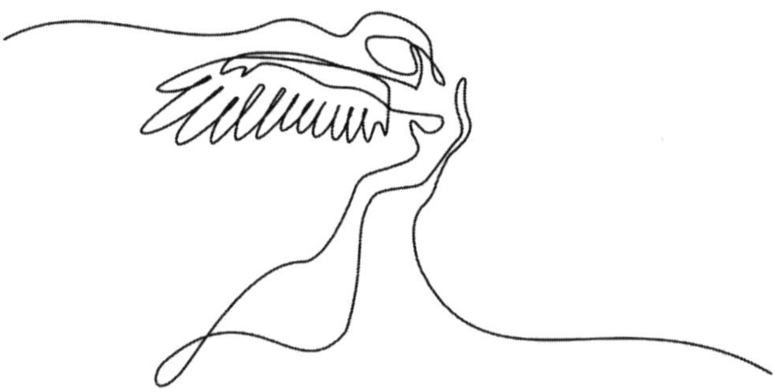

„Hinter jeder starken Frau steht ihre Geschichte, die sie dazu gemacht hat.“

„Manchmal führen die härtesten Zeiten zu unserem größten Glück. Vertraue in dich und dein Schicksal."

„Eine starke Frau verbrennt sich nicht am Feuer. Sie wird darin erschaffen."

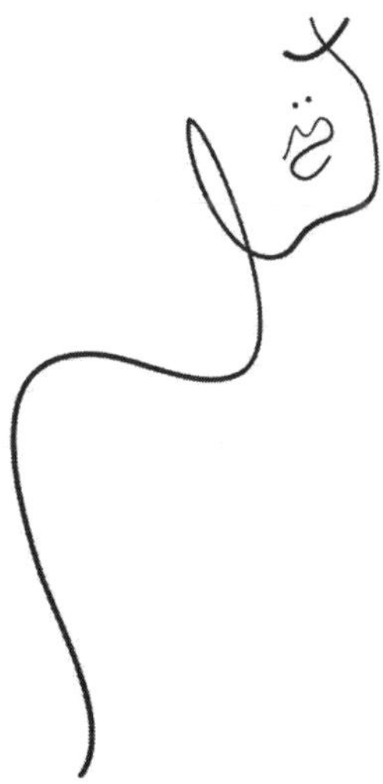

Notiz an mich selbst:

Auch, wenn das Leben mir Mist vor die Füße wirft, so pflanze ich Blumen darauf.
Diese Blumen werden wachsen.
Erst sind sie klein und schwach.
Doch sie werden wachsen.
Immer größer und stärker.
Und irgendwann ist der Mist unter den Blumen nicht mehr sichtbar.

2. Dein Mindset bestimmt dein Leben

„The body achieves what the mind believes“ – Dein Körper erreicht das, was dein Verstand glaubt. So lautet ein berühmtes Sprichwort. Und in diesem Sprichwort steckt eine Menge Wahrheit.
Lass es mich dir näher erläutern.

Dein heutiges Ich definiert sich mithilfe einer Menge Glaubenssätze, die du durch vergangene Erfahrungen gemacht hast oder die dein Umfeld dir mitgegeben hat.

Solche Glaubenssätze können sein:
„Ich bin unsportlich.“
„Ich bin schlecht in Mathematik.“
„Frauen brauchen einen Mann für handwerkliche Arbeiten.“
„Ich kann niemandem vertrauen.“
„Ich habe immer Pech.“
„Ich habe es nicht besser verdient.“

Wenn du nun überlegst, welche Glaubenssätze dein Leben prägen, so fallen dir sicherlich auch einige negative Glaubenssätze ein.
Diese negativen Glaubenssätze sind allerdings Gift für dein Leben.
Sie machen es dir unnötig schwer. Sie schränken dich ein.

Dein Verstand ist also maßgeblich an deinem persönlichen Erfolg beteiligt. Das gilt für alle Lebensbereiche - für deine Finanzen, deine Beziehung, deine Freundschaften, deinen Beruf.

Das Gute ist, dass du deine negativen Glaubenssätze in positive Glaubenssätze umwandeln kannst

Anhand des folgenden Beispiels, kannst du erkennen, wie so ein Umdenken vonstattengehen könnte:

Emma ist eine schüchterne junge Frau. Sie ist ein wenig übergewichtig und hat in ihrem Leben nie Sport getrieben.
Als sie im Fernsehen einen Triathlon sieht, sagt sie sich, dass sie das auch schaffen möchte.
Euphorisch erzählt sie ihren Eltern davon, dass sie an einem Triathlon teilnehmen möchte.
Ihre Eltern lachen sie aus. „In unserer Familie hat noch nie jemand so etwas geschafft“, sagt ihre Mutter.
Emma ist kurz betrübt, doch beginnt schnell mit einem harten Training.
Jeden Tag übt sie das Laufen, das Fahrradfahren und auch das Schwimmen.
Als sie sich eines Tages am Fuß verletzt, will sie aufgeben.
„Vielleicht haben meine Eltern recht und es ist mir gar nicht möglich so etwas zu schaffen“, denkt sie.

Sie schaut an ihre Kühlschranktür. Dort hängt ihre Anmeldung für den nächsten Triathlon. Und Emma beschließt, dass sie dieses Mal nicht aufgibt.
Nachdem ihre Verletzung verheilt ist, trainiert sie noch härter als zuvor.
Durch den vielen Sport wird sie schlanker und hat eine selbstbewusste Körperhaltung.
Sie fühlt sich gut.
Schließlich nimmt sie am Triathlon teil und kommt sogar ins Ziel.
Mit ihrem Erfolg überrascht sie Freunde und Verwandte und auch sich selbst.
Ihr Körper hat sie ins Ziel geführt, doch der Verstand war schon viel früher dazu bereit

Du siehst, dass dein Mindset dein Leben bestimmt.
Ob du erfolgreich und glücklich bist, hängt von dir ab.
Nimm dir die Zeit und schreibe alle Glaubenssätze auf, die dein Leben negativ beeinflussen.
Ich bin mir sicher, dass auch du einige finden wirst.
Du kannst diesen Zettel mit den negativen Glaubensätzen nun zerschneiden oder anzünden, denn sie gelten nicht mehr für dein Leben.
Denn du bist eine starke Frau und kannst alles schaffen.

„Wähle immer den Weg, der dir am meisten Angst macht, denn er lässt dich am meisten wachsen."

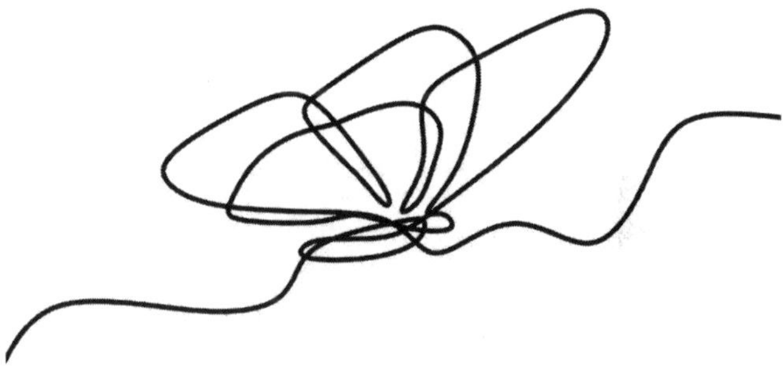

„Du bist heute Morgen nicht aufgestanden, um mittelmäßig zu sein."

„Starke Frauen werden nicht in der Komfortzone gemacht. Starke Frauen entstehen im Feuer.“

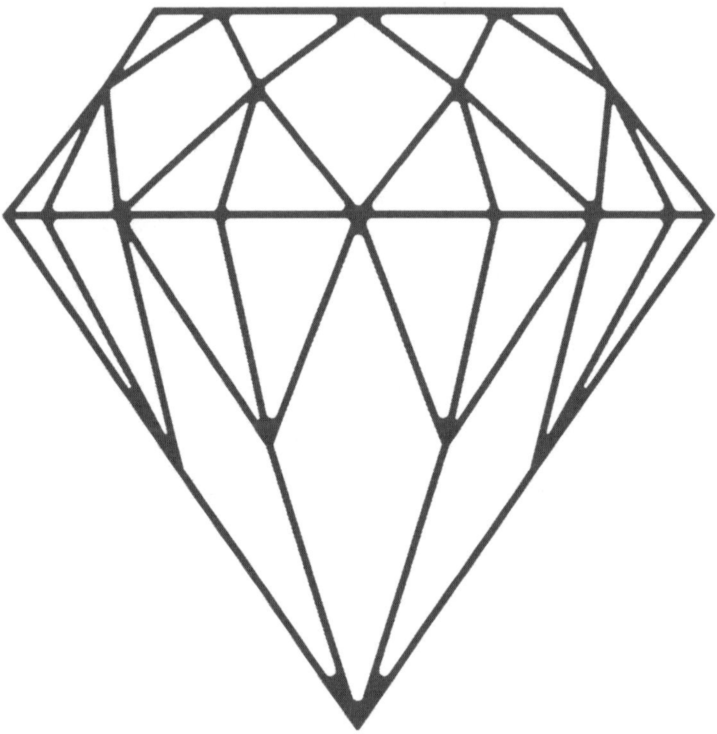

„Du bist ein Diamant. Niemand kann dich brechen.“

Notiz an mich selbst:

Heute erschaffe ich mich neu. Ich werfe alles Alte über Bord. Ich werde die Frau, die ich sein will. Ich werde das tun, was ich dafür tun muss, um meine Ziele zu erreichen.

Ich werde die beste Version von mir selbst.

3. Sei geduldig

Reich über Nacht!
Schlank in zwei Wochen!
Eine Fremdsprache in einem Monat lernen!
Vor allem im Internet findest du solche und ähnliche Versprechungen.
Und genau solche Marketing-Tricks sprechen uns Menschen an.
Unser Gehirn ist nämlich darauf programmiert Belohnungen zu erhalten und diese am besten sofort.

Und wenn es nicht sofort möglich ist, dann aber möglichst schnell. Deswegen fallen wir hin und wieder auf solche Angebote rein und stellen schnell fest, dass wir keinen Erfolg haben. Das Ergebnis daraus ist, dass wir dann demotiviert sind und vielleicht sogar an uns selbst zweifeln.

Doch ich kann dir sagen: Für den Erfolg gibt es keine Abkürzung. Erfolg ist mit Schmerz verbunden. Erfolg ist mit Scheitern verbunden und Erfolg ist mit einem eisernen Willen, es unbedingt zu wollen verbunden.
Erfolg ist kein Sprint, sondern ein Marathon. Und das gilt für alle Lebenslagen.

Sowohl für eine Beziehung, für deine Finanzen, für deinen Beruf oder deine Hobbys.
Mit Geduld und Anstrengung wirst auch du erfolgreich sein.

Am folgenden Beispiel möchte ich dir das näher erläutern:

Lisa fotografiert gern. Sie sucht in ihrem Alltag ständig nach neuen Motiven und fotografiert diese mit ihrem Handy.
Eines Tages beschließt sie, sich eine Spiegelreflexkamera zu kaufen. Sie wählt ein teures Modell und kauft ein hochwertiges Objektiv.
Voller Euphorie beschließt sie die Kamera sofort auszuprobieren. Sie schießt eine Menge Fotos und wertet diese dann zu Hause auf ihrem Computer aus.

Doch sie ist enttäuscht. Sie findet, dass ihre Bilder, die sie mit dem Handy geschossen hat, besser aussehen, als die, die sie mit der teuren Kamera gemacht hat.
Sie überlegt, ihre Kamera zurückzugeben.

Dann liest sie im Internet einen Artikel eines berühmten Fotografen. Dieser Fotograf behauptet, dass die ersten 10.000 Bilder, die er zu Beginn seiner Karriere geschossen hat, einfach nur schlecht waren.
Erst durch das viele Üben ist er besser geworden. Eine gute Kamera, ohne einen Bediener, der gut mit ihr umgehen kann, ist nichts wert.
Lisa stellt fest, dass sie zwar eine gute Kamera hat, aber selbst nicht die Fähigkeiten besitzt, damit gute Fotos zu machen. Noch nicht.
Sie beschließt, einen Grundlagenkurs in Fotografie zu belegen.
Jeden Nachmittag nach der Arbeit geht sie raus und macht Fotos von verschiedenen Motiven.
Sie kauft sich Bücher und schaut sich Videos zu dem Thema an.
Und nach einigen Monaten intensiver Einarbeitung, stellt sie fest, dass ihre Fotos immer besser werden.
Freunde fragen sie, ob sie Fotos für sie schießen kann.

Lisa ist glücklich, dass sie am Ball geblieben ist und ihre Kamera nicht wieder zurückgegeben hat.

An diesem Beispiel kannst du erkennen, dass sich Geduld und Hartnäckigkeit auszahlt. Wie schwer ein Weg wirklich ist, erkennen wir erst, wenn wir diesen bereits gehen.

Am Anfang erscheint es uns noch unmöglich, dass wir unser Ziel jemals erreichen könnten, aber es wird funktionieren.

Sei also geduldig mit dir selbst.

„Scheitern ist kein Problem. Mache eine Pause. Atme durch. Richte deine Krone. Mache weiter."

„Erfolg wird nicht von allein zu dir kommen. Du musst selber den Weg gehen."

„Das Stärkste, was ich je gemacht habe, war weitermachen, obwohl ich aufgeben wollte."

„Kinn hoch. Brust raus. Gehe weiter, als wärst du nie gefallen."

Notiz an mich selbst:

Wenn ich mich dazu entschließe, einen bestimmten Weg zu gehen, dann werde ich diesen Weg gehen und lasse mich nicht durch Hindernisse bremsen. Es mag sein, dass der Weg härter ist, als ich dachte. Es mag sein, dass der Weg länger ist, als ich dachte.
Aber ich werde niemals aufgeben.

4. Du bist stärker, als du denkst

Wenn du dein heutiges Ich betrachtest, so gibt es mit Sicherheit auch bei dir Dinge, die dein Vergangenheit-Ich niemals für möglich gehalten hätte.
Vielleicht bist du selbstbewusster als früher oder zufriedener.
Vielleicht hast du einen Job, der dich fordert.
Vielleicht hast du die Beziehung, die du dir immer erträumt hast.

Und auch heute ist es noch so. In dir stecken Potenziale, von denen du nicht ahnst, dass sie in dir sind.
Du bist viel stärker, als du denkst.
Meist kommen diese Potenziale erst ans Licht, wenn du dazu gezwungen wirst, stark zu sein, z.B. bei einer Trennung, einem Todesfall oder ähnlichen schicksalhaften Ereignissen.

Doch was passiert in dir, wenn ich dir sage, dass du dieses Potenzial jederzeit abrufen kannst?
Du kannst neue Projekte viel gelassener und sorgenfreier angehen.
Du wirst bei Problemen schneller Lösungen finden.
Du wirst dich nicht einschüchtern lassen.
Denn du bist stark.

Lies dir folgendes Beispiel durch und du wirst verstehen, was ich meine:

Vanessa ist alleinerziehende Mama. Ihr Mann hat sich von ihr getrennt, als die Kinder noch klein waren.
Vanessa war zu dem Zeitpunkt nicht berufstätig und sie lebten in einem wunderschönen Einfamilienhaus.
Nach der Trennung mussten sie das Haus verkaufen und Vanessa ist mit den Kindern in eine kleine Wohnung gezogen.
Ihr Exmann zahlt keinen Unterhalt und kümmert sich nicht um die gemeinsamen Kinder.

Sie trägt die gesamte Last der Verantwortung allein.

Sie hat sich nach diesem Schicksalsschlag nicht aufgegeben, weil sie nicht aufgeben konnte. Schließlich sind ihre Kinder abhängig von ihr.
So suchte sie sich einen neuen Job und kümmerte sich liebevoll allein um die Kinder.
Durch harte Arbeit und Fleiß hat sie es geschafft, den Kindern und sich einen Lebensstandard zu ermöglichen, der ein sorgenfreies Leben ermöglicht.
Vanessa ist stolz auf ihre Leistung.

Als sie von ihrem Arbeitgeber gefragt wird, ob sie eine Führungsposition übernehmen will, zweifelt sie zunächst.
Kann ich das schaffen, mit zwei kleinen Kindern?
Was, wenn mir alles über den Kopf wächst?
Was, wenn die Kollegen mich nicht akzeptieren?

Doch dann erinnert sie sich daran, was sie bereits alles gemeistert hat. Sie sagt ihrem Chef zu, denn sie glaubt an sich und ihre innere Stärke.

Du siehst, Vanessa hat bereits erkannt, dass in ihr eine außergewöhnliche Kraft schlummert, die sie jederzeit abrufen kann. Sie weiß, dass sie stärker ist, als sie es jetzt für möglich hält und nimmt so die Herausforderungen an, die das Leben ihr bietet.
Vanessa ist keine Wonder Woman, sondern eine normale Frau, wie du und ich.
Auch du kannst es schaffen, über dich hinauszuwachsen.

Vertraue auf dich und deine innere Stärke.

*„Glaube niemals deinen Ängsten,
denn sie kennen deine Stärke nicht."*

*„Sei heute die Frau, zu
der du als junges Mädchen aufgesehen hättest."*

„Eine starke Frau ist wie ein Blitz. Ihre wahre Stärke erkennt man bei Gewitter, nicht bei Sonnenschein."

„Du verstehst erst, wie stark du bist, wenn stark sein deine einzige Option ist."

Notiz an mich selbst:

Ich werde alle Herausforderungen des Lebens annehmen, auch wenn ich mir heute noch nicht vorstellen kann, diese zu meistern.
Meine innere Stärke gibt mir Zuversicht und den Mut, etwas Neues zu wagen.

5. Lerne „Nein“ zu sagen

Nein!
Ein einfaches Wort mit nur vier Buchstaben. Eigentlich müsste es uns leicht über die Lippen gehen.
Doch oft tun wir uns ziemlich schwer damit, nein zu sagen.
Wir Menschen sind soziale Wesen. Wir wollen anerkannt sein und anderen gefallen. Oft trauen wir uns nicht, nein zu sagen, aus Angst vor Ablehnung. Manchmal sagen wir auch nicht nein aus Mitleid oder, weil wir uns überrumpelt fühlen.

Wann hast du das letzte Mal ja gesagt, obwohl du lieber nein gesagt hättest?
War es zu einem Abendessen bei den Schwiegereltern oder als dich jemand gebeten hat einen Kuchen für ein Fest zu backen?
Es ist also an der Zeit zu lernen „nein“ zu sagen.
Nicht zu jeder Bitte oder Anfrage, aber doch zu den nicht so wichtigen Dingen.

Das möchte ich dir mit folgendem Beispiel etwas näher erläutern:

Gina ist eine junge Frau, die Mitten im Leben steht. Sie arbeitet in einer Marketingagentur und macht hin und wieder auch mal Überstunden.

Sie hat ein eigenes Pferd, dass sie täglich versorgt.
Sie hat einen Partner, mit dem sie zusammenlebt und viele Freunde.
Gina kennt keine Langeweile. Sie ist glücklich und gut vernetzt.

Als ihre Freundin Jule sie eines Abends weinend anruft und ihr erzählt, dass ihr Freund sich von ihr getrennt hat, zögert Gina nicht lang und fährt zu Jule, obwohl sie eigentlich gemeinsam mit ihrem Partner kochen wollte.

Als ihre Nachbarin sie aber am nächsten Tag fragt, ob Gina für sie eine Kommode abholen könnte, weil sie das größere Auto hat, sagt Gina dieser ab.
Sie hatte sich diesen Tag frei gehalten und wollte sich ausruhen.
Gina hat nein zur Nachbarin gesagt, aber ja zu sich selbst.

Anhand dieser kleinen Geschichte kannst du erkennen, dass es nicht darum geht, immer nein zu sagen.
Es geht aber darum, hin und wieder auch mal nein zu sagen.
Hier kannst du differenzieren.

Welchen Stellenwert hat dein Nein für den anderen?
Könnte der andere dein nein gut verkraften, aber du hättest großen Stress damit, wenn du ja sagen würdest? Dann sage beim nächsten Mal einfach nein.

Du bist nicht rücksichtslos oder egoistisch, wenn du manchmal auch nein sagst.
Ein Nein zu anderen bedeutet ein Ja zu dir selbst.

Du bist es wert.

„Nein zu sagen, kann die beste Form der Selbstliebe sein.“

„Eine starke Frau achtet ihre Grenzen, indem sie nein zu denen sagt, die diese ignorieren.“

„Du kannst eine liebenswerte Frau mit großem Herzen sein und trotzdem nein sagen.“

„Es gibt einen Unterschied zwischen gemein sein und für sich selbst einstehen.“

Notiz an mich selbst:

Ich lerne die Kunst „Nein“ zu sagen.
Ich werde mich nicht rechtfertigen. Ich werde nicht lügen. Ich werde mich nicht entschuldigen.

6. Verschaffe dir Respekt

Hast du das Gefühl, dass dein Umfeld dich nicht genug respektiert?
Ist da diese eine Freundin, die ständig kurz vor einer Verabredung absagt, weil sie dich und deine Zeit nicht respektiert?
Sind da deine Eltern, die ohne vorher zu klingeln oder zu klopfen dein Zimmer/ deine Wohnung betreten, weil sie deine Grenzen nicht respektieren?
Ist da vielleicht dein Partner, der wiederholt seinen dreckigen Teller stehen lässt, obwohl du ihn schon mehrfach darum gebeten hast, diesen in die Spülmaschine zu stellen?
Dann ist es allerhöchste Zeit, dir Respekt in deinem Umfeld zu verschaffen.
Denn du hast es nicht verdient, dass dich jemand respektlos behandelt.
Du verdienst Respekt von jedem zu jederzeit.
Nicht weniger.

Schaue dir folgendes Beispiel an, und du wirst sofort verstehen, was ich meine:

Emilia ist mit ihrem Freund Christoph schon über ein Jahr zusammen. Die Beziehung war von Anfang an nicht leicht. Christoph ist ein unverbindlicher Typ Mann und ziemlich unzuverlässig.
Emilia hat das Gefühl, dass er sich nur mit ihr trifft, wenn er gerade nichts Besseres zu tun hat.

Wenn Emilia es anspricht, dass sie sich in dieser Beziehung so nicht wohlfühlt, wird Christoph schnell aufbrausend und es kommt zum Streit.
Häufig beleidigt er Emilia dabei auch mit allerlei Schimpfwörtern.

Eines Tages hat Emilia genug vom respektlosen Verhalten ihres Freundes. In einem Streit hat er sie wieder einmal beleidigt.
Sie sagt zu ihm, dass sie es nicht mehr dulde, wenn er sie beleidigt. Beim nächsten Vorfall wird sie sich umgehend trennen.

Ein paar Wochen läuft die Beziehung zunächst besser, doch dann kommt es erneut zu einem Streit.
Christoph verfällt in alte Streitmuster und beleidigt Emilia.
Sie zieht nun die Konsequenz aus seinem Verhalten und trennt sich von ihm.

Emilia hat Respekt vor sich und ihren eigenen Grenzen und duldet es nun nicht mehr, dass jemand diese Grenzen missachtet.

Sie fühlt sich gut.

Als Außenstehender der Geschichte erkennst du sofort das respektlose Verhalten von Christoph.
Wenn man allerdings selbst in einer zwischenmenschlichen Beziehung steckt, dann ist es viel schwieriger, respektloses Verhalten zu erkennen und es auch zu unterbinden.
Oftmals hat es sich so eingeschlichen, weil wir selbst zu viel zugelassen haben in der Vergangenheit.
Doch das sollte nun für immer vorbei sein.
Du musst damit hier und heute beginnen, dir Respekt zu verschaffen.

1.) Habe Respekt vor dir selbst. Nehme dich so an, wie du bist und akzeptiere deine Schwächen.

2.) Grenze dich ab. Sag öfter nein zu Dingen, die für dich grenzüberschreitend sind.

3.) Gehe mit anderen Menschen respektvoll um. Sie werden dir ebenfalls in Summe mit Respekt begegnen.

4.) Kommuniziere deinem Umfeld, welche Grenzen du hast, so wie es Emilia in dem Beispiel getan hat.

So wirst auch du es schaffen, dir mehr Respekt zu verschaffen.

„Starke Frauen sind nicht arrogant. Sie setzen Grenzen und haben einen gewissen Standard.“

„Jemanden gehen zu lassen, der dich und deine Grenzen nicht respektiert, ist kein Verlust. Es ist ein Gewinn.“

„Ärgere dich nicht über Menschen, die dich enttäuscht haben. Ärgere dich über dich selbst, weil zu viel von ihnen erwartet hast.“

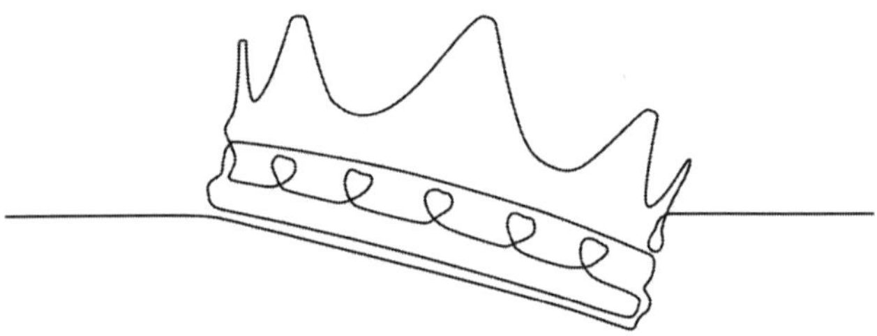

„Liebe ist kein Grund, um Respektlosigkeit zu tolerieren.“

Notiz an mich selbst:

Ich baue ab heute meine eigenen Grenzen um mich herum. Ich ziehe sie hoch, wie Mauern aus Stein und ich werde niemandem erlauben, diese Mauern zu durchbrechen.

7. Mit negativen Menschen umgehen

Kennst du diese Menschen, die immer nur nörgeln, meckern und schlechte Stimmung verbreiten?
An ihrem Leid sind alle anderen schuld, außer sie selbst.
Solche Menschen sind richtige Energievampire.
Sie saugen dir deine Energie förmlich aus.
Du fühlst dich nach Treffen mit ihnen schlecht und ausgebrannt.
Du brauchst vielleicht auch Tage, um dich davon zu erholen.

Schließe einmal für einen kurzen Moment deine Augen und denke an einen solchen Menschen. Stelle dir intensiv vor, wie diese Person aussieht, wie sie redet.
Wie fühlst du dich dabei?
Ist es ein Gefühl von Abwehr und Unwohlsein?
Verspürst du den Drang zu flüchten oder wirst sogar aggressiv?
Dann wird es allerhöchste Zeit für dich, diesen negativen Menschen einen sinnbildlichen Riegel vorzuschieben.

Ich erkläre es dir an folgendem Beispiel:

Melissa ist eine junge, dynamische Frau. Sie hat einen großen Freundeskreis und liebt ihren Job sehr, denn sie arbeitet als Bankkauffrau in einer Bankfiliale. Sie ist gern für ihre Kunden da und mag die Aufgaben.

Doch etwas an ihrem Job stört sie sehr: ihr Kollege Heiko.
Heiko ist ein mürrischer Mann.
In Gesprächen redet er gerne und viel und übernimmt die Gesprächsführung.
Fast schon aggressiv und dominant bindet er all seinen Gesprächspartnern seine Meinung zu beliebigen Themen auf.
Meist ist seine Meinung negativ. Sei es, die seiner Meinung nach schlechte Politik in Deutschland oder die angeblich vielen faulen Kollegen.

Melissa hat oft keine Lust sich mit Heiko zu unterhalten und meidet bereits den Pausenraum, indem er sich immer aufhält.
Nach Gesprächen mit ihm fühlt sie sich ausgelaugt und grübelt noch lange darüber.
Als sie erneut mit einigen ihrer Kollegen zusammensteht und Heiko beginnt, darüber zu meckern, wie doof doch die Kunden heute sind, reicht es Melissa.
Sie fällt ihm ins Wort und sagt: „Also ich finde die Kunden heute alle sehr nett. Mich würde es viel mehr interessieren, wo ihr diesen Sommer euren Urlaub verbringt."
Sofort verändert sich die Atmosphäre im Gespräch und die anderen Kollegen erzählen von ihren bevorstehenden Urlauben.
Heiko sieht etwas beleidigt aus, aber das ist Melissa egal.
Sie hat sich vorgenommen, diese Negativität nicht mehr in ihr Leben zu lassen.

Wie du siehst, gibt es verschiedene Wege, um mit negativen Menschen umzugehen.
Du kannst zunächst versuchen, das Gesprächsthema auf etwas Positives zu lenken.
Du steuerst somit ganz aktiv das Gespräch und erlaubst es anderen Menschen nicht, in deiner Gegenwart etwas Negatives zu sagen.

Eine weitere Strategie ist es, diese Personen freundlich abzulehnen. Du kannst sagen, dass du aktuell sehr beschäftigt bist, aber bald auf sie zurückkommst und dann gehst du einfach, ohne dich in ein weiteres Gespräch verwickeln zu lassen.
Wenn das alles nicht hilft, dann bleibt dir nur die Möglichkeit, dein Umfeld zu ändern. Distanziere dich von diesen Menschen.
Das geht auch, wenn diese Personen zur Familie gehören oder auch langjährige Freunde sind.
Suche dir stattdessen Leute, die dein Leben positiv bereichern.
Du hast es schlichtweg nicht nötig, dir diese negativen Vibes anzutun.
Habe Selbstachtung vor dir und deiner Zeit.

Du bist es dir wert.

„Menschen, die nicht zufrieden mit sich selbst sind, können es auch nicht mit dir sein.“

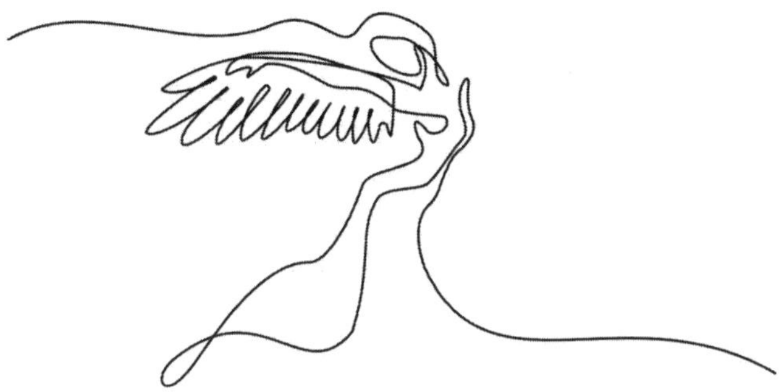

„Jeder, der versucht dich runterzuziehen, ist bereits unter dir.“

„Schwache Menschen versuchen, eine starke Frau kleinzureden, weil sie Angst vor ihr haben."

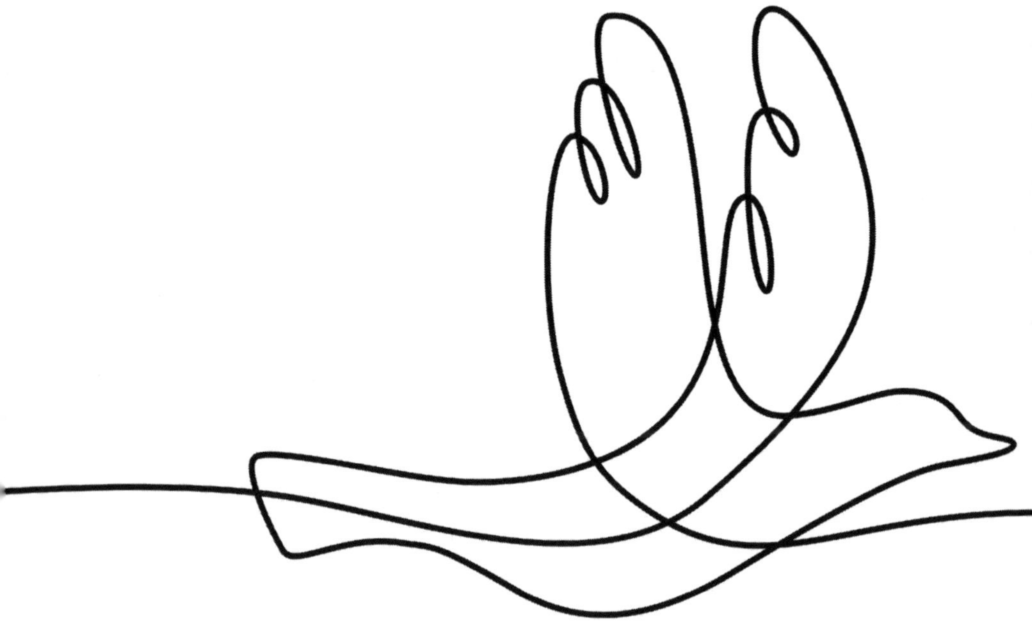

„Halte Abstand zu negativen Menschen, denn sie rauben dir Kraft und deine positiven Gedanken."

Notiz an mich selbst:

Ab heute baue ich mir einen Schutzschild um mich selbst. Alle negativen Pfeile werden daran abprallen. Ich lasse es nicht mehr zu, dass Negativität mein Leben beeinflusst.

8. Die Vergangenheit hinter dir lassen

Die Person, die du gerade bist, ist ein Ergebnis deiner Vergangenheit. Du hast bestimmte Erfahrungen gemacht und aufgrund dieser Erfahrungen, handelst du in einigen Situationen auf eine bestimmte Art und Weise.

Wurdest du beispielsweise von deinen Eltern als Kind nicht genug geschätzt, so kann es sein, dass du auch heute noch die Anerkennung von anderen Menschen brauchst, um dich gut zu fühlen.
Hat dich ein früherer Partner belogen und betrogen, so kann es sein, dass es dir schwerfällt, auch deinem neuen Partner zu vertrauen. Du projizierst dann deine vergangenen Erfahrungen auf deine neue Partnerschaft.

Im nachfolgenden Beispiel möchte ich dir das näher erläutern:

Alina ist eine unabhängige junge Frau. Ihre Kindheit war nicht einfach. Der Vater hat die Familie verlassen, als sie noch ein Baby war. Ihre Mutter hatte danach wechselnde Partner, die mal mehr und mal weniger Vaterersatz für Alina waren.
Alina hat schnell gelernt zu diesen Männern keine zu enge Bindung aufzubauen, da es jederzeit hätte passieren können, dass sie wieder aus ihrem Leben verschwinden, weil ihre Mutter sich getrennt hat.
Um nicht enttäuscht zu werden, hat sie es kaum zugelassen, dass Menschen eine zu große Nähe zu ihr aufbauen.
Diese Strategie zum Selbstschutz hat sich weiter durch ihr Leben fortgeführt.
In der Schule hat sie nie richtigen Anschluss gefunden und auch heute hat sie zwar viele lose Bekanntschaften, aber keine wirklichen Freunde.

Alina hat nie wirklich verstanden, warum es ihr so schwerfällt, Freunde zu finden und diese auch zu halten, obwohl es bei anderen scheinbar mühelos klappt.
Sie fühlt sich oft einsam und möchte ihre Situation ändern.

Sie denkt viel über ihre Verhaltensmuster nach und versucht die Gründe dafür herauszufinden. Sie beginnt damit, ihre Vergangenheit zu verstehen und beschließt, diese hinter sich zu lassen.

Sie will endlich wahre Freunde finden und meldet sich in einem Tanzverein an.
Dort lernt sie Melanie kennen und verabredet sich privat mit ihr. Die beiden Frauen verstehen sich gut und Melanie meldet sich regelmäßig bei Alina.
Alina gibt sich Mühe, um die neue Freundschaft dauerhaft aufzubauen. Sie schreibt Melanie regelmäßig Nachrichten, denkt an ihren Geburtstag und vereinbart Treffen.
Melanie wird mit der Zeit eine richtig gute Freundin und Alina lässt es zu und gibt viel von sich preis.
Es fühlt sich gut an, endlich einen Menschen im Leben zu haben, auf den man sich verlassen kann, mit dem man über alles reden kann und mit dem man Spaß haben kann.

Alina ist glücklich und stolz auf sich, dass sie es geschafft hat, ihre alten Verhaltensmuster zu durchbrechen.

Du siehst, dass du deine Vergangenheit hinter dir lassen kannst und Verhaltensmuster von dir, die dir für ein glückliches Leben im Weg sind, durchbrechen kannst.
Dazu ist es wichtig, zunächst einmal zu erkennen, dass es bei dir im Leben bestimmte Verhaltensmuster in bestimmten Situationen gibt.
Dann kannst versuchen, herauszufinden, warum du dich in diesen Situationen so verhältst.
Im dritten Schritt überlegst du dir, wie du dich stattdessen gern verhalten würdest.
Und im vierten Schritt (und das ist der schwierigste Teil) übst du jeden Tag aktiv dieses Verhalten umzuwandeln.
Du beginnst damit, ganz aktiv dein Leben neu zu gestalten.
Auch du kannst emotionale Wunden heilen lassen.
Falls du an einer Stelle bemerkst, dass du es nicht alleine schaffen kannst, so ist es immer ratsam professionelle Hilfe bei Therapeuten oder Psychologen in Anspruch zu nehmen.

„Über Steine, die hinter dir liegen, kannst du nicht stolpern, wenn du vorwärtsgehst."

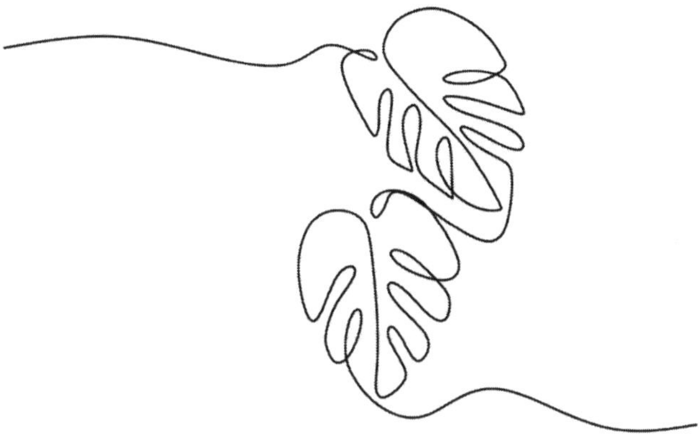

„Schließe Frieden mit deiner Vergangenheit, so kann sie deine Zukunft nicht sabotieren."

„Um eine Wunde heilen zu lassen, musst du aufhören, sie ständig wieder aufzureißen."

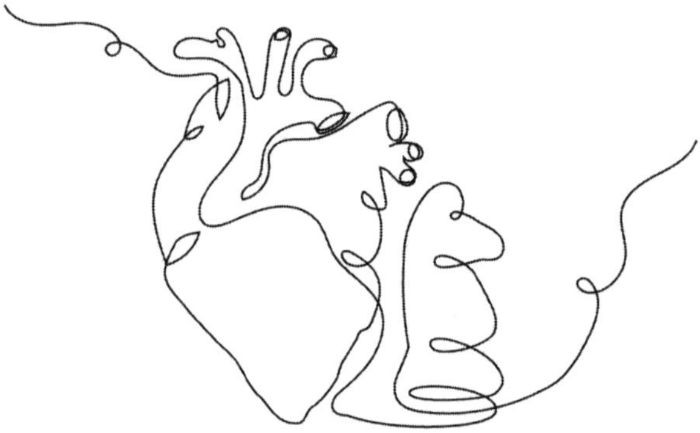

„Die Vergangenheit ist in deinem Kopf. Die Zukunft ist in deinen Händen."

Notiz an mich selbst:

Ich bin nicht mehr das kleine Mädchen aus der Vergangenheit, welches unter ihren emotionalen Wunden leidet.
Ich lasse die Wunden heilen.
Ich verwandle mich dadurch in die starke Frau, die ich sein will.

9. Baue dein Selbstbewusstsein auf

Hast du dich auch schon oft gefragt, warum manche Menschen selbstbewusst sind und auch auftreten und andere es nicht sind?
Dafür gibt es einen hauptsächlichen Grund. Menschen, die nicht selbstbewusst sind, machen ihren Wert von anderen abhängig. Sie denken, nur wenn sie anderen gefallen, sind sie auch liebenswert. Deswegen wollen sie nicht anecken, sagen ihre Meinung nicht öffentlich.

Der Ursprung unseres Verhaltens liegt wie so oft in unserer Vergangenheit und den Erfahrungen, die wir gemacht haben.
Haben beispielsweise deine Eltern dich oft gemaßregelt und du hast öfter mal Sätze, wie „das macht man nicht", „sowas sagt man nicht" gehört, dann hast du dich ihren Erwartungen angepasst und deine eigenen Ansichten nicht mehr preisgegeben.
Sowas kann uns im Erwachsenenalter noch lange nachhängen und wir trauen uns einfach nicht, selbstbewusst zu sein.

Das möchte ich dir gerne näher erläutern:

Jessica ist eine introvertierte, junge Frau.
Sie arbeitet als Sachbearbeiterin in einem Büro mit vielen netten Kollegen.
Wenn die Kollegen sie fragen, wo sie heute zu Mittag essen gehen wollen, antwortet Jessica meist mit: „Ist mir egal. Entscheide du.", obwohl es ihr gar nicht egal ist.

Wenn ihre Kollegen sie fragen, ob sie noch die ein oder andere Zusatzaufgabe übernehmen will, dann sagt sie nie nein, obwohl sie dafür eigentlich keine Zeit hat.

Jessica traut sich nicht, ihre Meinung zu vertreten, weil sie Angst hat, dass sie bei den Kollegen dann als unbequem gilt. Sie möchte gefallen und scheinbar wird sie auch von allen gemocht.

Als es eines Tages darum geht, wer in ihrem Team befördert wird, wird Jessica übergangen, obwohl sie die Mitarbeiterin mit der längsten Berufserfahrung ist.

An diesem Tag beschließt Jessica nicht mehr zurückhaltend zu sein. Sie sucht das Gespräch mit ihrem Chef und berichtet ihm davon, dass sie gerne eine bessere Position in der Firma einnehmen möchte. Sie bekommt die Stelle und beginnt von nun an immer zu sagen, was sie will und was nicht. Sie macht es auf eine höfliche Art und Weise und merkt, dass sie auch geschätzt wird, wenn sie auch mal unbequem ist.

Jessica freut sich über ihr neues Selbstbewusstsein.

Du siehst anhand dieser kurzen Geschichte, dass du gleichzeitig in deinem Umfeld anerkannt sein kannst und aber auch selbstbewusst.
Der selbstbewusste Weg ist oftmals nicht der bequemste Weg für dich, aber du wirst zufriedener mit dir selbst sein, wenn du diesen Weg wählst.
Stehe für dich und deine Bedürfnisse ein, denn sonst macht es niemand.
Erlaube es dir, dich selbst zur höchsten Priorität zu machen.
Setze Grenzen und finde heraus, was du wirklich für dich persönlich willst.

Du selbst bist der Schlüssel zum Erfolg.

„Selbstbewusstsein bedeutet nicht, dass sie dich mögen werden. Selbstbewusstsein bedeutet, dass du auch damit leben kannst, wenn sie es nicht tun."

„Behandle dich selbst so, wie jemanden, den du liebst."

„Heute ist ein guter Tag, um stolz darauf zu sein, wie weit du schon gekommen bist."

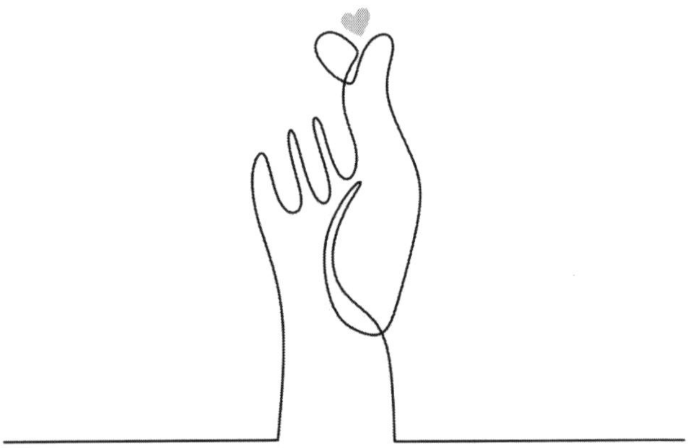

„Lasse dich niemals von Menschen kritisieren, von denen du auch keinen Ratschlag annehmen würdest."

Notiz an mich selbst:

Ab heute handle ich nicht mehr nur, um anderen zu gefallen. Ich stelle mich selbst an die erste Stelle und zeige es der ganzen Welt.
Denn ich bin es wert, für mich selbst einzustehen.

10. Liebeskummer besiegen

Jeder von uns hat schon mindestens einmal im Leben mit Liebeskummer zu kämpfen gehabt.
Und Liebeskummer ist auch ein natürlicher menschlicher Schmerz.
Zum einen sind wir traurig über den Verlust eines geliebten Menschen in unserem Leben.
Zum anderen sind wir in unserem Selbst erschüttert.
Wir zweifeln an uns selbst. Wir suchen die Ursache dafür, dass es nicht funktioniert hat, oft bei uns selbst.
Sind wir etwa nicht gut genug? Haben wir etwas falsch gemacht?
Die Gedanken kreisen sich tage- oder sogar wochenlang nur noch um dieses eine Thema.
Uns geht es schlecht.
Sowohl mental als auch körperlich.
Wir schlafen schlecht, wir haben keinen Appetit, wir haben schlechte Laune.

Diese Gefühle sind okay und normal. Wir dürfen sie alle durchleben.
Aber irgendwann kommt der Zeitpunkt, an dem wir unsere Trauer überwinden müssen.

Wie das klappen kann, möchte ich dir im folgenden Beispiel aufzeigen:

Charlotte und Fabian sind seit 10 Jahren ein Paar. Sie haben eine gemeinsame Tochter und bewohnen ihr eigenes Haus.
Charlotte ist grundsätzlich zufrieden mit ihrem Leben und ihrer Beziehung.
Es gibt in ihren Augen auch stressige Zeiten, aber die sind doch normal, so denkt sie.

Eines Tages eröffnet ihr Fabian plötzlich, dass er aus dem gemeinsamen Haus ausziehen möchte. Er hat sich in seine Arbeitskollegin verliebt und will nicht mehr mit Charlotte zusammen sein.

Charlotte fällt aus allen Wolken. Damit hat sie nicht gerechnet.
Als Fabian tatsächlich aus dem gemeinsamen Haus auszieht, kann sie es nicht wahrhaben.
Sie glaubt, dass er es sich bald anders überlegt und zu ihnen zurückkehrt.
Tage vergehen und Charlotte wird langsam bewusst, dass Fabian nicht zurückkommt.
Sie fällt emotional in ein tiefes Loch.
Sie fragt sich, was sie falsch gemacht hat und, ob sie nicht mehr attraktiv genug ist.
Sie leidet und kann kaum essen oder schlafen.
Weitere Wochen vergehen und Charlotte findet keinen Halt in einer Welt ohne Fabian.
Als ihre Tochter ihr schließlich mitteilt, dass sie sich ihre glückliche Mama zurückwünscht, macht es Klick im Kopf von Charlotte.
Sie will nicht mehr nur das Opfer sein, sondern wieder aktiv ihr Leben gestalten.
Sie beschließt einen Neuanfang.
Alle Erinnerungen an Fabian verbannt sie in den Keller des Hauses.
Sie streicht die Wände im Haus in hellen Farben und plant tolle Ausflüge mit ihrer Tochter.

Charlotte meldet sich zu einem Kochkurs an und lernt dort Maria kennen, die ebenfalls Single ist.
Sie trifft sich von da an häufig mit Maria und gemeinsam ziehen sie am Wochenende um die Häuser.
Sie fühlt sich jung und schön und ist glücklich darüber, dass ihr Leben eine solch positive Wendung genommen hat.

Die Zeit des Liebeskummers ist keine leichte Zeit. Nimm dir selbst den Raum zu trauern.
Lasse deine Gefühle zu und lebe diese auch aus.
Allerdings ist es wichtig, nach einer gewissen Zeit des Trauerns auch wieder zurück in den Alltag zu finden.
Verlasse die Opferrolle und werde wieder Gestalterin deines Lebens.
Wichtig ist es, positive neue Erinnerungen zu schaffen.
Denn du bist es wert.

„Eines der härtesten Dinge im Leben ist es, den Verlust von jemandem zu betrauern, der noch lebt."

„Dich zu vermissen, kommt in Wellen. Heute fühle ich mich, als würde ich ertrinken."

„Lass kommen, was kommt. Lass gehen, was gehen will. Schätze das, was bleibt."

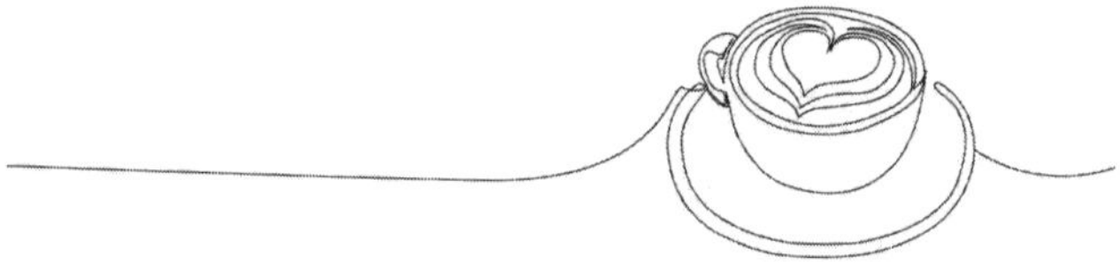

„Ich liebe mich selbst. Nur so kann ich heilen."

Notiz an mich selbst:

Ich halte nichts fest, was nicht mehr in mein Leben gehört. Ich lasse denjenigen ziehen, der gehen will oder gehe selbst, wenn es sich für mich richtig anfühlt. Ich vertraue in mich selbst und mein Schicksal.

11. Erschaffe dich neu

Ab sofort ist es an der Zeit, das Leben zu leben, welches du dir immer gewünscht hast und der Schlüssel dazu bist du selbst.
Du kannst dein Traumleben führen.
Wie sieht dein Traumleben genau aus?
Möchtest du deinen Job kündigen und ein Jahr um die Welt reisen?
Oder willst du vielleicht sportlich werden und einen Marathon laufen?

Schließe nun deine Augen. Stelle dir nun das vor, was du erreichen möchtest.
Stelle dir dich selbst dabei vor. Wie fühlst du dich, wenn du das erreicht hast, was du möchtest?
Schaue von hier auf dein Zukunfts-Ich. Wie siehst du aus? Wie agierst du? Wie geht es dir dabei?

Wie dieser Traum auch für dich bald wahr werden kann, will ich dir mit folgender Geschichte zeigen:

Lena ist eine junge, engagierte Frau. Sie arbeitet im Einzelhandel, doch der Job schlaucht sie sehr. Eines Tages fragt sie sich, ob sie den Job, den sie gerade macht, auch in fünf Jahren noch machen will.
Sie beantwortet sich die Frage mit einem klaren Nein selbst.
Lena überlegt, was sie stattdessen gern für ihr Leben erreichen will.

Sie zeichnet ein Bild von ihrem Traumleben im Kopf.
Dort ist sie Fotografin und hat ein eigenes Studio. Sie begleitet am liebsten Paare zu deren Hochzeit.
Es fühlt sich so gut an, wenn sie sich vorstellt, wie sehr sich die Paare freuen, wenn sie ihre Bilder erhalten.
Lena nimmt dieses Gefühl von ihrem Zukunfts-Ich mit in ihren Alltag und meistert bereits jetzt auftretende Herausforderungen mit Leichtigkeit.

Sie beginnt zu überlegen, wie sie ihr Vorhaben umsetzen kann. Sie hat bereits eine teure Kamera, kann damit aber noch nicht richtig umgehen.
Also bucht sie Kurse.
Sie nimmt sich vor, jeden Tag das Fotografieren zu üben, und zwar so lange, bis sie zufrieden ist und sich in die Selbstständigkeit wagt.

Nach neun Monaten ist es so weit. Lena kündigt ihren Job im Einzelhandel und mietet Räumlichkeiten für ein Fotostudio an. Sie verteilt Flyer und macht Werbung bei Freunden und Bekannten. Schon schnell hat sie erste Kunden für sich gewinnen können.

Lena ist glücklich, denn sie hat sich ihr Traumleben selbst erschaffen.

Was also brauchst du ganz konkret, um deine Ziele zu erreichen?

1. Du brauchst eine ganz klare Vision von deinem Endzustand. Zeichne diese Vision in deinem Kopf so detailliert, wie nur möglich.

2. Stelle dir vor, wie du dich fühlst, wenn du dein Ziel erreichst. Nehme dieses Gefühl bereits jetzt mit in deinen Alltag und du wirst den Erfolg in dein Leben ziehen.

3. Arbeite kontinuierlich jeden Tag an der Umsetzung dieses Ziels. Mache es zur höchsten Priorität in deinem Leben.

Erschaffe dich und dein Leben neu.

„Heute ist ein guter Tag, um das erste Kapitel deines neuen Lebens zu schreiben.“

„Sei die Energie, die du in dein Leben ziehen willst.“

„Morgen wünschst du dir, du hättest heute gestartet."

„Sei mutig genug, dir zu erlauben, in etwas Neuem schlecht zu sein."

Notiz an mich selbst:

Es fühlt sich erfüllend an zu wissen, dass ich das erschaffen kann, wovon ich schon immer geträumt habe.
Ich lasse mir Zeit und erreiche meine Ziele in meinem eigenen Tempo.

12. 5-Minuten-Meditation für mehr Selbstbewusstsein

Zum Abschluss habe ich noch eine geführte fünf Minuten Meditation für dich für mehr Selbstbewusstsein.

Es gibt drei Wege, um diese Meditation zu nutzen:

1. Vorlesen: Du kannst die Meditation jemand anderem vorlesen oder sie dir selbst vorlesen lassen.
2. Einsprechen: Du kannst ein Aufnahmegerät, wie beispielsweise dein Smartphone, nutzen und dir die Meditation einsprechen, um sie zu einem späteren Zeitpunkt anzuhören.
3. Selbst lesen: Du kannst die Anleitungen auch selbst während der Entspannung lesen.

Die Hin- und Rückführung wird es dir erleichtern, eine Brücke zwischen der Realität und der Meditation zu schlagen.

Hinführung:
Mache es dir gemütlich.
Finde eine komfortable Sitz- oder Liegeposition.
Spüre, wie du dich gerade fühlst - sowohl physisch als auch mental.
Atme tief durch die Nase ein und atme durch den geöffneten Mund aus.
Nimm einen weiteren tiefen Atemzug und erlaube es deinem Körper zu entspannen, während du vollständig und langsam wieder ausatmest.

Atme achtsam weiter.
Mit jeder weiteren Ausatmung lässt du weitere Anspannung aus deinem Körper los.
Sie fließt mit deinem Atem hinaus.
Wo vorher noch Anspannung war, macht sich nun ein Gefühl der Entspannung breit.

Stelle dir vor, wie sich diese Entspannung anfühlt:
kribbelnd
sanft
leicht
ruhig
frei

Lasse die Entspannung in deinem Körper wachsen.

Atme die Entspannung ein.
Atme die Anspannung aus.

Atme die Ruhe ein.
Atme den Stress aus.

Führe diese ruhige, langsame Atmung fort, während du nun damit beginnst ein Bild vor deinem inneren Auge zu zeichnen.

Stelle dir einen Ort vor, an dem du dich glücklich und ruhig fühlst.
Das kann ein Ort sein, an dem du schon einmal warst.
Es kann aber auch ein Ort sein, der in deiner Vorstellung liegt.

Zeichne nun die Details dieses Ortes:
Wie sieht dieser Ort aus?
Was für Gerüche gibt es dort?
Was für Geräusche kannst du hier hören?

Stelle dir vor, wie du dich hier an diesem besonderen Ort fühlst.
Du bist entspannt und fühlst dich sicher.
Ein tiefes Gefühl von Glück durchströmt deinen Körper.
Die Welt ist gerecht hier an diesem friedlichen Ort.

Genieße, wie du dich hier fühlst.
Hier bist du sicher und ruhig.
In voller Zufriedenheit mit deinem Selbst.

Bleibe in diesem sicheren Ort, während du mit der folgenden Meditation dein Selbstwertgefühl aufbaust.

Stelle dir vor, dass alle nachfolgenden Affirmationen echt sind für dich. Sie entsprechen der Wahrheit.

Du kannst sie in Gedanken wiederholen oder laut aussprechen.
Nutze deine Vorstellungskraft, um aus deinem tiefsten Inneren daran zu glauben.

Nachfolgende Affirmationen sind nur für dich:

- Ich schließe Frieden mit mir selbst.
- Ich wertschätze mich, für das, was ich bin.
- Ich bin wertvoll für die Menschen um mich herum.
- Alle Menschen sind wertvoll und auch ich bin ein wertvoller Mensch.
- Ich verdiene es, glücklich zu sein.
- Ich verdiene es, geachtet zu werden.
- Ich umarme mein Glück und genieße es, zufrieden zu sein.

Ich stelle mir vor, dass all diese Affirmationen wahr sind für mich. Genau in diesem Moment.
Ich genieße es, da ich spüre, wie mein Selbstwertgefühl wächst.

Wenn meine Stimmung schlecht ist, dann akzeptiere ich diese Gefühle, da ich weiß, dass diese Gefühle wieder verschwinden werden und das Glück zu mir zurückkehrt.

- Meine Zukunft ist positiv und glücklich
- Ich blicke voller Freude nach vorn, kann aber auch die Gegenwart genießen.
- Ich schaue liebevoll auf meine Erinnerungen aus der Vergangenheit.

Ich vergebe mir selbst für meine Fehler, denn alle Menschen machen Fehler.
Ich habe mich schlecht gefühlt, wenn ich Fehler gemacht habe, weil ich eine
gute Person bin und alles richtig machen will.

Ich bin immer noch ein guter Mensch, kann aber die Schuldgefühle loslassen,da ich dazugelernt und mich weiterentwickelt habe.

Ich habe lang genug unter meiner eigenen Schuld gelitten.
Es ist nun an der Zeit, frei zu sein.
Frei von Schuldgefühlen.
Ich vergebe mir selbst.

- Ich fühle mich gut mit der Person, die ich heute bin.
- Ich akzeptiere mich selbst. Ich akzeptiere meine Stärken und meine Schwächen.
- Meine Schwächen werden in Zukunft zu Stärken wachsen.
- Ich werde eifrig neue Stärken erschaffen.

Ich stelle mir vor, dass all diese Affirmationen wahr sind für mich. Genau in diesem Moment.
Ich genieße es, da ich spüre, wie mein Selbstwertgefühl wächst.

- Ich werde allen Herausforderungen mit Stärke begegnen.
- Ich muss nicht perfekt sein, um gut zu sein.
- Ich bin ein Mensch mit Schwächen. Ich liebe mich so wie ich bin.
- Ich fühle mich sicher in meinem Selbst. Ich vergleiche mich nicht mit anderen.

Alle Stärken, die jemals in mir waren, sind immer noch in mir. Auch wenn sie gerade nicht sichtbar sind, so sind sie in mir.

Ich bin zuversichtlich, denn all diese Stärken werden wieder sichtbar.
Ich stelle mir vor, dass all diese Affirmationen wahr sind für mich. Genau in diesem Moment.

Ich genieße es, da ich spüre, wie mein Selbstwertgefühl wächst.

- Ich akzeptiere mich selbst.
- Ich fühle mich selbstbewusst.
- Ich fühle mich sicher.
- Ich fühle mich wertvoll.

Denke wieder an deinen sicheren Ort.
Stelle dir vor, wie du selbst dort bist und es genießt hier zu sein.
Nimm die Gefühle wahr, die nun in dir sind.
Akzeptiere diese Gefühle, egal ob positiv oder negativ.
Erlaube es dir selbst nun ruhig zu entspannen.

Nun ist es an der Zeit, deinen sicheren Ort zu verlassen.
Du kannst jederzeit hierhin zurückkehren, wenn du das verlangen danach verspürst.

Rückführung:
Nun zählen wir gemeinsam bis 3.
Eins…….Atme tief ein und langsam wieder aus.
Zwei……Atme erneut tief ein und lasse deine Ausatmung noch länger werden.
Drei…….Öffne deine Augen. Du fühlst dich erfrischt und voller positiver Energie.

13. 50 Affirmationen für starke Frauen

Die Kraft der positiven Gedanken habe ich dir bereits in den vorherigen Kapiteln anhand von einigen Beispielen gezeigt. Unsere Gedanken stehen am Anfang einer jeden Veränderung, am Anfang eines jeden Handelns. Sie sind immens wichtig für unseren persönlichen Erfolg.
Mithilfe von Affirmationen kannst du diese positiven Gedanken selbst in deinen Kopf pflanzen.
Positive Affirmationen sind Sätze, die du dir selbst aufsagst, um dich und deine Vorhaben zu bestärken.
Nimm dir jeden Tag fünf Minuten Zeit, um dir die Affirmationen aufzusagen.
Du kannst sie auch aufschreiben, einsprechen oder ausdrucken und aufhängen, um ihnen noch mehr Bedeutung zu verleihen.

Hier findest du 50 positive Affirmationen für starke Frauen. Lese sie dir laut und deutlich vor und nehme sie in dein inneres auf.
Sie gelten alle auch für dich.

1. Glück zu empfinden, ist eine Wahl. Heute wähle ich, glücklich zu sein.

2. Ich lerne und ich wachse. Kleine Fortschritte führen zu großen Ergebnissen.

3. Alles, wonach ich strebe, ist bereits in mir.

4. Ich fokussiere mich auf die positiven Dinge.

5. Schwere Zeiten können hart sein, aber sie sind nur vorübergehend.

6. Ich kontrolliere meine Gedanken und meine Energie.

7. Ich meistere jede Herausforderung, die mir heute begegnet.

8. Ich bin stark. Meine Stärke kommt aus meinem Innersten.

9. Ich liebe mich selbst und bedanke mich bei meinem Körper, der mich durch den heutigen Tag bringt.

10. Ich werde jeden Tag stärker.

11. Heute ist ein guter Tag, um etwas Neues zu lernen.

12. Es ist okay, Fehler zu machen.

13. Ich vergebe mir selbst und auch anderen für ihre Fehler.

14. Der heutige Tag zählt und ist wichtig.

15. Chancen sind überall. Ich muss sie nur wahrnehmen.

16. Wohlstand wird in mein Leben kommen.

17. Ich lebe ein wunderbares, ausgefülltes Leben.

18. Ich akzeptiere das, was nicht in meiner Macht liegt und fokussiere mich auf die Dinge, die ich kontrollieren kann.

19. Ich verdiene es, glücklich zu sein.

20. Meine Stimmung lasse ich nicht durch äußere Einflüsse bestimmen.

21. Ich bin nett zu mir selbst und zu anderen.

22. Ich bin einzigartig.

23. Ich bin mutig.

24. Ich bin eine Person, die das Beste aus schwierigen Situationen macht.

25. Ich bin eine starke und selbstbewusste Frau.

26. Ich habe das Recht, nein zu sagen, ohne mich entschuldigen oder rechtfertigen zu müssen.

27. Ich habe bisher jede schwierige Situation in meinem Leben gemeistert und ich führe diese Siegesserie fort.

28. Wie andere Menschen fühlen, handeln oder reden, liegt nicht in meiner Verantwortung. Ich bin für mich selbst verantwortlich.

29. Ich bin positiv und ziehe Positivität in mein Leben.

30. Ich bin offen für neue Erfahrungen.

31. Ich schließe Frieden mit meiner Vergangenheit.

32. Ich verdiene es, geliebt zu werden.

33. Ich werde so angenommen, wie ich bin und von anderen respektiert.

34. Ich nehme mir Zeit für mich selbst, weil ich wertvoll bin.

35. Ich bin anders und das ist toll.

36. Ich bin da, wo ich sein will.

37. Meine Möglichkeiten sind unbegrenzt.

38. Meine Gedanken werden zu meiner Wirklichkeit.

39. Ich werde jeden Tag ein Stück selbstbewusster.

40. Alles in meinem Leben passiert im richtigen Moment.

41. Ich liebe meine Körper und achte auf ihn.

42. Alle meine Gefühle sind richtig. Ich lasse sie zu.

43. Ich darf meine Meinung ändern.

44. Ich werde jeden Tag weiterwachsen.

45. Ich bin innerlich ausgeglichen.

46. Alles im Leben passiert aus einem bestimmten Grund.

47. Ich liebe mich jetzt bereits, für die Person, dich ich sein werde.

48. Ich ziehe positive Menschen in mein Leben.

49. Ich bin erfolgreich in allem, was ich tue.

50. Mein Leben ist gefüllt mit Reichtum.

Urheberrecht

Starke Frauen verstecken sich nicht

Auflage 2023

1. Auflage
Kontakt: Mary-Anne Winkler
c/o Block Services
Stuttgarter Straße 106
70736 Fellbach

Printed in Poland
by Amazon Fulfillment
Poland Sp. z o.o., Wrocław

16389926R00067